# 감성필사

가슴이 따뜻해지는 명시 따라 쓰기

**필사시집**

1

**박덕은** 지음

서영

# 감성필사

가슴이 따뜻해지는 명시 따라 쓰기 **필사시집 1**

1판 1쇄 : 인쇄 2025년 01월 17일

1판 1쇄 : 발행 2025년 01월 22일

지은이 : 박덕은

펴낸이 : 서동영

펴낸곳 : 서영출판사

출판등록 : 2010년 11월 26일 제 (25100-2010-000011호)

주소 : 서울특별시 마포구 월드컵로 31길 62

전화 : 02-338-0117 팩스 : 02-338-7160

이메일 : sdy5608@hanmail.net

디자인 : 고은아

ⓒ2024박덕은 seo young printed in seoul korea

ISBN : 979-11-92055-33-6 03810

# 감성필사

가슴이 따뜻해지는 명시 따라 쓰기 **필사시집 1**

박덕은 지음

서영

# 작가의 말

'시 맞댐'을 꿈꾸어 왔다.
한 편의 시로 독자와 마음과 생각과 감성을 맞대고 싶었다.

두근거리는 행간에서
파문 이는 **마음의 반짝임**이 일어나도 좋고
**어질어질한 슬픔**이 배어나와도 좋고
두리번거리는 궁금이 다가와도 좋다.

이와 같은 독자반응비평은
작품에 독자의 감상 영역을
보태는 것이다.

독자와 함께 만들어 가는 예술,
한국에서도 깊숙이 뿌리 내리길 소망해 본다.

시의 다채로운 감성의 세계와 만나,
감동의 전율을 맛보며 살아가는 여생,
소롯이 권하고 싶다.

-한실문예창작(12개 문학회) 지도 교수 박덕은

# 목차

# 감성필사

가슴이 따뜻해지는 명시 따라 쓰기

**필사시집 1**

# 동백꽃

한국 문예 문학상 대상 수상작

고래가
숨을 곳 찾다가 붉게 뛰어든다
저녁이 덮치기 전에
전설의 경계를 밟고서

서러운 작살에 울부짖음 번지면
포경꾼들은
뼈와 살이 눈물처럼 흩어지는
바다의 어린 기억을 잡아 낚아챈다

동백의 개화로
죽은 숨결이 다시 열린다는 설만
수평선에 걸쳐 둔 채

12

고래는 섬의 목탁 소리 물고

엉켜 있는 천리 길 풀면서

주먹이 판치는 폭풍 속으로 내던져질 때마다

찢긴 지느러미와 뿌연 연기의

벽만 높인다


바닥에 얼룩러진 울음에도

단단한 저항의 힘으로 일어서며

치솟는 향기,

이제는 절 앞마당에서

고요히 가부좌* 틀고 있다


제 숨 밀어 넣어 아린 무늬 키우는 고래,

열병 앓듯 온몸 펄펄 끓다가

쏟아붙인 상흔들 가라앉히며

화엄*으로 피어난다.


*가부좌 : 가부좌(跏趺坐)는 결가부좌의 약어로 연화좌(蓮花坐)라고도 한다. 요가에서는 파드마사나라고 부른다. 앉
는 법의 한 가지로서 가(跏)는 발의 안, 부(趺)는 발의 등을 말하며, 오른쪽 발을 우선 왼쪽 허벅지 위에 얹고 다음에
왼쪽 발을 오른쪽 위에 얹어 앉는(坐) 법이다.

*화엄 : 화엄(華嚴)이란, 꽃으로 불세계(佛世界)를 장식한다는 뜻으로 보살도를 비유적으로 이르는 말이다.

# 행운목

한국 문예 문학상 대상 수상작

아버지는
일 년 계약직 접시 물에서
일한다

얄팍한 물빛에
악착같이 뿌리내려 보지만
새소리 하나 깃들지 못한다

**토막 토막** 잘려나가
초록 영업 실적의
성실한 **잎**을 내면
잘릴 때가 다가온다

정 붙일 만하면
쫓겨나는 것이 인생이고
잘려야 다음 접시로 넘어가
일할 수 있다

그나마 살아 있어
취업하는 것이
**행운**이다

칠 년을 기다리면 핀다는
**내 집 마련** 같은 꽃
그 약속을 실행하기\* 위해
모두가 퇴근한 사무실에서
혼자 야근한다.

\***약속을 실행한다** : 행운목 꽃말

**18**

# 푸드코트*

김해일보 시민문예 남명문학상 수상작

육질이 살아 있는 옷감으로
친환경 코트를 만든다

원단이 싱싱해 색상과 무늬가
추위 막기에는 제격이다
마름질*하기 위해 가위는
장바구니 가득한
고기류와 채소를 씻어 자른다

두툼한 안감의 팔딱이는 생선 비린내는
밑실*로 감아 숨기고
하얀색 바탕에 붉은 꽃 새긴
꽃등심으로 깃 세운
그 끝에 버섯을 이어 붙여

*푸드코트 : 건물 내에 여러 종류의 식당이 모여 있는 곳. 먹자골목, 먹자빌딩 등의 우리 말이 있다.

*마름질 : 옷감이나 재목 등을 치수에 맞추어 자르기 위해 선을 그리는 일이다.

*밑실 : 재봉틀에서 밑에서 올라오는 실을 말한다.

가늘게 채 썬 양파로

매운 향 솔기* 만들 때까지

노루발*은

수없이 어루만지고 핥으며 밤 지샌다


패션계에도 웰빙 바람이 불어와

건강 지키는 유기농 의류가 대세


디자인이 유행에 뒤처지면

과감히 벗어 식탁 위에 올려놓고

젓가락이 닿자마자

코트는 보글보글 끓어오르며

보풀* 일어난 매운탕이 된다


잘라낸 매듭 한입 가득 뜨는 사람들

박음질 맛이 매콤하다며 땀을 흘린다.


*솔기 : 옷이나 이부자리 등을 만들 때 두 폭을 맞대고 꿰맨 줄.

*노루발 : 재봉틀의 부속품, 옷감을 밀리지 않게 눌러 준다.

*보풀 : 섬유에 털이 일어나는 현상이다. 종이나 헝겊 같은 거죽에 일어나는 잔털. 보푸라기라고도 하며, 주로 니트류나 목도리 이불 등에 잘 생긴다.

# 수목장[*]

새한일보 신춘문예 최우수상 수상작

장지의 사람들이
나무 밑에 그를 묻는다

자연친화적인 여관에
숙박계를 대신 적어내자
나무뿌리 끝방은
입실한 생전의 기억으로 만들어진다

죽음 예언하듯 청춘을 탕진했던
봄 무늬 생생한 벽지를 바르고
뜨거운 연애로 장판 깔고 기둥 세운다

*수목장 : 장례의 한 종류로, 화장한 유골의 골분을 나무, 화초, 잔디 밑이나 주변에 묻는 것이다. 나무 밑이면 수목장, 화초 밑이면 화초장, 잔디 밑이면 잔디장이라고 구분한다.

미래에 가 닿으려는 듯
그의 처소에 꽃을 올려놓는다
죽음만이 미래를 완성하기에
**산다는 것은 언제나**
**경계를 아슬아슬하게 걷는 일**

언젠가는 가뭇없이 흙의 몸 입고
이곳으로 오지만
오늘
입실 대기 중인 사람들은
**울음으로 한계를 넘어간다**

구석진 방에서 흙이불 덮고 누워 있을
그를 대신해서 숙박계에
유서 쓰듯 적는다
**'참 따스한 사람'**

출입문 열고 나오니
가벼이 숨결 내려놓듯 낙엽은 지고
마음 다급한 바람이 곁을 맴돈다

이따금 비고란에 눈물체로 글을 쓰는
추억들이 다녀가면
썰렁했던 그의 방은 차츰 온기가 돈다.

# 금오도

여수해양문학상 수상작

수천 년 철썩철썩
스스로를 채찍질하며
묵언 수행한 섬은
종고다

최초의 말씀이
뻘밭의 간기* 머금은 등고선 사이로
촘촘히 박혀 있어
믿는 자들은 누구나
엄숙히 허리 굽혀
우비적우비적 캐야 한다

*간기 : 짠 기운. 유의어로 소금기, 염기.

30

점자책 같은 자갈밭길 더듬거리며
교리를 이해하려는 추종자들이
뭍의 소란함 뒤로하고 이곳으로 모여든다
포교는
늘 일탈을 꿈꾸는 표정들로 퍼져 나간다


꼬박꼬박 하루에 두 번
살그랑살그랑 붉어지는 물마루도
여기서는 특별한 경전이 된다


제멋대로 자라난 울음도
가벼이 잦아들 수 있다는 듯
너럭바위는
뜨겁고 차가운 발바닥을 위로 향하고
가부좌로 앉아 있다

갈바람통 전망대 앞바다에서
상괭이*들은 짐짓 설파하듯
살아서도 죽어서도 똑같다는 미소를 지으며
치솟는다

아슬아슬한 나날로 애달팠던 웅웅거림들이
뭉텅뭉텅 사라지고
섬처럼 맑아져 가는 사람들
일필휘지로 써 내려간 비렁길 그 어디쯤에서
바람이 거룩한 문서 같은 갯내음을 넘기자
**갈매기들은 오래 읽어 환한 성스러움 한 구절씩 물고
해안선 따라 날아오른다.**

*상괭이 : 우리나라의 토종 돌고래

# 항공 여행

항공문학상 수상작

여행 책자에서 가르랑거리던 음절이
한순간 등받이로 몰리는 추억에 휘말려든다
비스듬히 쏠리는 오후 여섯 시의 기울기에서
남루한 어휘들이 빠져나가
하늘 강가에 **뭉텅이째** 떨어진다

별빛은
가느다란 수초 사이로 파문 일으키지만
저녁은 말이 없다
시트에 목베개를 고정시켜 준 당신처럼
책 날개 같은 하늘이 마냥 좋다
가만히 귀 대어 보면
쿵쿵 가슴 뛰는 둥근 창,
아직도 그 **파닥거림**을 기억하나

기내식의 두근거림을 먹다가
눈동자 속에서 바라보았던 노을이
반짝이는 낱말들을 **팽팽히** 잡아당기며
휘파람 분다
무수한 책갈피의 입술들이
허밍으로 따라하며 깔깔거린다

흐릿한 바람이
손등에 얹혀져 있던 노래 물고 날아간다
불안한 발이 머무는 좌석의 무릎 공간은
점점 좁아져 자간마저 사라진다
향기 잃은 박자는 행간을 넘다가
차가운 여울물에 닿아 파르스름히 몸 떨고
어긋난 음표는 기슭으로 자꾸 떠밀려 간다

창문 가림막을 올리니

쓰디쓴 고음 한 문장의 폭우가 그치고 맑다

이젠 더이상 궁금하지 않은 마지막 페이지


어순에 맞게 엔진은 힘차게 돌며

흰구름 건너 공항으로 향한다

여명* 자락에 슬쩍 끼워 두웠던

풍경이 흘러나와 지평선이 새붉다

저항은 늘 있지만

**짙푸른 대지에 사뿐히 내려앉는**

**비행기의 발목이 눈부시게 따스하다.**

*여명(黎明) : 아침이 다가오는 새벽에 밝아오는 희미한 빛을 일컫는 말.

# 관심

밀양아리랑 백일장 장원 수상작

당신의 아침을

호수 위에 **펼친다**


별빛이 머물다 간 자리에

어제의 채도* 껴입은 초록을

물그림자로 **띄운다**


따스한 꽃잎 한 장으로도

물의 심장은

둥근 지문으로 **쿵쿵** 뛰는데


밤낮없이 비를 긋는

당신은 바깥쪽이 **젖고**

나의 마음은 늘 안쪽이 **젖는다**


**\*채도(彩度)** : 색상, 명도와 함께 색의 세 가지 속성 중의 하나.
색이 선명할수록 채도가 높다고 말하며, 무채색에 가까울수록 채도가 낮다고 말한다.

파문 이는 동그라미의 안과 밖

그 사이 어디쯤에

새소리 푸르게 **출렁**이는데


몸을 꺾는 겨울 속으로

서둘러 가는 당신의 뒷모습,

물이랑*의 간격은 좁아져 **날카롭다**


이제

한 번 더 격랑을 가로질러

고요에 **다다라야 한다**


오늘도 호수는

당신의 깊은 묵상으로

평온에 가 **닿는다**.


***물이랑** : 물결이 양쪽으로 갈라지면서 줄줄이 일어나는 물결.

# 여수 멸치잡이배

여수해양문학상 수상작

유자망*에서 태어나
유자망으로 숨쉬는 아버지는
주름 패인 세월만큼 눌리고 접힌
남해의 바닷길 펼친다

망망한 물이랑이
어지럽고도 희미하게 쌓여갈수록
통째로 뒤집혀 휩쓸릴 듯 자꾸만 다가오는
삼각형의 뾰쪽한 풍랑들
물마루를 넘으면 넘을수록 모자라는 잔물결의 고요
기우는 쪽으로 조금씩 일어서는
저 열림들

*유자망(流刺網) : 고기를 잡는 어구. 그물을 수직 방향으로 펼쳐서 물고기가 그물코에 걸리게 하여 잡는 어로 방식에 쓴다.

아픔 삭혀 힘을 응집한 억센 손이

격랑과 해풍 사이에

포세이돈*의 신화를 켜켜이 끼워 넣는다

바닥을 버티며 밀어내는 무릎의

매섭고 완강한 길항拮抗*,

뜨거운 용틀임으로 늘 자리바꿈을 해내는

저 기립 자세


뱃머리의 외벽을 타고

반군처럼 퍼지는 사나운 세계가 무너진다

바다의 신열에 묻히지 않고 고립을 털어낸 그는

주홍빛으로 물들어 가는 **수평선**을

잔잔히 읽어 내려간다


***포세이돈** : 그리스 신화에 나오는 바다의 신.

***길항(拮抗)** : 동등한 힘으로 버티고 대항하는 것.

간당간당한 구름이 흩어지고 노을의 비늘이 벗겨져
수면 위로 깔리는 시간,
섬과 섬 건너오며 은사시나무처럼 눈부신 것들이
남도 끝자락을 출렁이며 푸르게 희번덕거린다
스치고 비껴가며 팔딱이는
저 날렵함들

왼손 오른손 번갈아 가며 기운차게 올라오는 그물들
물 그늘까지 파르르 들썩거리며 따라붙는다
가득 채워진 은빛 꿈들로 살 오른 해질녘의 입술이 연신 벙긋거린다

어야라 차이야
어야라 차이야

아버지는 촘촘히 짜여져 꿈틀거리는 우주를 품고
항구로 나 있는 환하게 저문 밤길을 연다.

# 돌확*

큰여수신문 문학상 특별대상 수상작

뒤란으로 밀려난 고요가
세월의 무게 떠받치고 있다

관자놀이에 힘줄이 서도록
매움을 견딘 투박한 몸짓

무명無明의 강파른 울음에
닿을 때마다 따갑다

한때 한식구의 평생을 먹여 살린 숨결이
오래 묵으면서 점차 맑아진다

폭풍우가 빗발쳐도 숨거나 가리지 않고
지금까지 버텨 온 속도로 삭힌다

*돌확 : 돌확은 고추나 마늘, 소금 등의 양념을 빻거나 적은 양의 곡식을 찧을 때 사용하는 도구이다. 돌확은 확(臼)과 석봉(石棒)으로 이루어져 있다. 확은 빻거나 찧을 것을 넣는 곳이며 석봉은 손으로 잡고 실제로 빻거나 찧는 도구로 손에 쥘 만한 크기의 둥근 돌을 말한다.

공空
한 글자만 남긴 채

부처 닮은 그 둥근 몸이
모두 눈이고 귀이다

산새의 속깃털 하나가
떨어진다

우연처럼 속울음의 시간
툭 터져나와 기댄다

이전의 짓눌린 날갯짓도
하늘과의 통로를 여는
그 아득한 훗날의 비행도

이미 알고 있다는 듯
품는다.

# 커피

커피 문학상 금상 수상작

취업 준비생인 커피는

　봄거울 앞에서 스커트 입어 보며

　　화끈거리는 바람을 손톱 밑에 숨기지만

　　여름의 목울대에 걸려 펄펄 끓는다


시끌벅적한 청춘을 필터링해

　여무는 한 뼘의 둥근 꿈이

　여러 겹의 소리 껴입고

　갈빛으로 향해 가는데


주먹을 꽉 쥔 태풍의 눈빛에

　발목 삐긋한 풍경들이

　휘어질 듯하다

마음의 육질은 연해
  무심히 던진 한마디에도 쉽게 짓물러
    터질 듯 번지는 아픔

생각날 듯
  복사꽃 피었던 멀고 먼 자리
    그 간절함 안쪽,
      커피의 복사뼈가 단단하다

멍이 들수록
  쏠리듯 찾아야 할 의미는 계속되고
  땡볕에 꾹꾹 다진 다짐들이
    다닥다닥 붙어 단맛 고아내면
      몸살 앓는 어둠은 커피향으로 익어 간다

막무가내로 부푼

찻잔 속 젖가슴

발그레한 망설임의 둘레를 벗기면

물오른 달콤향긋함이

수줍게 쏟아져 내린다.

# 비희* - 사육신의 忠

사육신 문학상 수상작

용의 머리에 거북의 몸이 왔다
하늘에서 북소리 울리고
외줄 타는 달빛
툭 떨어지기 전에 왔다

등딱지에 박힌
훈장 같은 결의가
희고 날렵했다

복위를 꿈꾸는 의지들이
구차하게 살 수 없다는 듯
*끝까지 저항했다*

*비희 : 거북이를 닮은 상상의 동물로 비석의 주춧돌로 조각된다.

사무친 함성이
피맺힌 절벽 딛고
천년은 갈 거라는
소문만 떠돌았다


거북은
반듯한 충忠의 비문을 등에 지고
모래톱 위에 신화 풀어놓는
바다의 얼굴이 되고자 했다


맹렬하게 뒤쫓아오는 해일 앞에서도
무릎 꿇지 않는 기개
짓뭉그러진 밤을 박차며
두 눈 부릅떴다


심장을 주춧돌로 탈바꿈시키며
오로지 한 생각으로
충忠을 완성해 갔다.

# 어머니

효 문화 콘텐츠 문학상 우수상 수상작

어두컴컴한 호미 자루 속에
접은 날개 깊숙이 넣어두고
한평생 흙만 품고 산다

시린 무릎처럼 뭉실하게 닳은
손잡이에 땀이 흥건해지면
밭가에 무드럭진 풀들이
시큰한 손목처럼 얼얼하다

날갯죽지 결려 일어서려는데
지난밤 끙끙 앓은 아픔이 터져나와
도로 주저앉는다

서러움 짙은 하루 털어내듯
조금씩 휘어지는 허리
등이 굽어갈수록 푸르게 몸집 키우는 밭뙈기
산비탈처럼 거친 이마가 서서히 펴진다

말린 고구마대 같은 겨울이 오려는지
하늘이 왁자하다
낡은 호미 자루 갈아 끼우려고
슴베* 빼내자
휘이휘이 날개 치는 소리 들려온다

산밭을 떠나
자식들의 가슴에서 살고 있는
**새**가 푸드덕거린다.

*슴베 : 호미 자루 속에 들어박힌 뾰족한 부분

# 사각 기와 무늬*

정읍 문학상 수상작

정읍 용장사 절터에서
기와 조각이 출토되어
세상과 만난다

땅속에 묻힌 비바람 조금씩 털어내자
바라춤*처럼 피기 시작한
사각무늬

기왓장 속으로 스민
울음소리 조심스레 떼어내니
벽 향해 앉아 있는
어깨가 울먹인다

*사각기와무늬 : 정읍 산내면 용장사 절터에서 출토된 기와 조각에 새겨진 무늬

*바라춤 : 승무(僧舞)의 일종으로, 부처에게 재(齋)를 올릴 때 천수다라니경을 외며 바라를 치면서 추는 춤이다.

일주문* 밖에선
상엿소리* 뎅뎅 낭자하고
눈보라가 *휘몰아치고* 있다

발끝 내디디는 하늘 향한 구리거울에
얼비치는 미소
오래 따르던 사랑이 연못에 출렁이고
소리 없이 지는 하얀 꽃의 얼굴

무너지는 숨 감싸 안고
허공 건너는 걸음
바라* 소리에 속하지 못하고
*휘청거린다*

수천 번 아픔 퍼 올린
저 은유의 춤 문양
선문답인 듯 새겨져 있다.

*일주문 : 절의 입구에 두 개 또는 네 개의 기둥을 옆으로 나란히 세워 만든 문.

*상엿소리 : 상여를 메고 시신을 운구하면서 상두꾼들이 부르는 소리.

*바라(哱囉) : 자바라, 발, 제금(提金) 등으로 불리기도 하며 불교 의식 무용의 하나인 바라춤(哱囉舞)을 출 때 양손
에 바라를 들고 춘다.

# 소리

전국 김소월 백일장 준장원 수상작

오랫동안 나는 것에 익숙한 자음과 모음이

제 습성을 버리고

길로 정착한 갈매기 소리를 읽는다


남쪽으로 열린 날갯짓은

잘 익은 소리의 진초록 발을

공중으로 한 뼘씩 내민다


어둠 저편으로 향수의 수평선 지면

파도 소리 탁본*하는 손길이 철썩거리고

새벽이면 안개 자욱한 입술들이 모여들어

별들의 안부 묻는다


*탁본 : 석비, 기와, 기물 등에 새긴 문자나 무늬를 먹물 등을 이용하여 종이에 그대로 박아 낸 것.

한곳에 머무르지 못하고
떠돌던 시절을 기억하는지
꼬깃꼬깃한 불면의 밤이
자갈길에 들러붙어 있다


둥지 틀었던 한 생이 환한데
다급하게 북으로 가야 하는 이유가
폭설처럼 휘몰아친다


적의 땅을 내달아야 하는 뜨거운 다짐처럼
조심 조심 숨 몰아 내쉬는
소리의 발자취들이 선명하다

끼룩끼룩 귀를 씻기는 문맥이 달라질 때마다
날갯짓은 파도 소리에 앉을 만큼의
맑은 꽃잎을 빚는다

한 번 더 봄이 오는 항로를 찾아 나서는
길의 갈매기,
소리의 날개를 접어도
허공 업어 키운 문장들이
맹렬하게 다시 부활한다.

# 민족시인

전국 김영랑 백일장 대상 수상작

거칠고 탁한 물살에
가슴에 박힌 것들이
속울음 게우며 조여올 때

    비명 같은 시詩로 부수고 깨뜨려
    물길 막으며 길길이 날뛴
    발자욱 하나씩 무너뜨린다

꺾이고 뒤틀린 행간에서
날이 선 펜촉이 푸르러질수록
벼랑 끝으로 몰리지만

뒤로 물러서지 않고
온전히 불사르는 절박함,
기어이
빛살 물고 온 둥그런 울림

　짓눌렸던 시어들이
　일제히 새벽 입고
　수면 위로 날아 오른다


안으로 안으로 환해지는 숨결
조국의 산야*로 퍼져 나가
막다른 골목에서
떨고 있는 아픔에까지
파르스름히 가 닿는다.


**\*산야(山野)** : 산과 들

# 할머니의 풍등*

오은 문학상 특별 문학 대상 수상작

---

백발처럼 성성한 슬픔이

무겁게 밀려들면

동안거*를 끝낸 밭으로 간다


**울컥울컥** 감자의 흰 살점들

칼끝 깊을수록 아리다

잿빛 재를 가리개 삼아

감당하지 못할 한恨 숨긴 채

가늘게 떠는 눈이 어둠 속으로 파고든다


깊은 병을 앓았던 과묵한 땅이

고르게 아픔 덮어 준다

기대고 부비다

**파근파근** 빠져드는 잠


***풍등** : 종이 풍선 안에다 소원을 담아 띄우는 등

***동안거(冬安居)** : 음력 시월 보름날부터 이듬해 정월 보름날까지, 승려들이 일정한 곳에 머물며 도를 닦는 일. 반대로 승려들이 여름 장마 때 외출하지 않고 함께 모여서 수행하는 하안거(夏安居)가 있다.

***파근파근** : 형용사. (가루나 음식 따위가) 보드랍고 조금 팍팍하다. (다리가) 걸을 때마다 힘이 빠져 노곤하고 걸음이 무겁다.

입가에 붙은 허연 각질처럼
들판이 일제히 아지랑이 내뿜자
**단단**한 햇볕을 멀리서부터 끌고 와
가득 채우는 흙의 발자국이 따사롭다

묻힐 수 없는 날들
적막 속으로 잠기자
**우우우** 허공 떠도는 소리
그 서러운 날들 억지로 외면하지 않고
조금씩 밀어올려 푸른 줄기 세운다

출렁이는 감자꽃 애달피 지우며
자드락밭에서 여물어 가는 가슴들이
찬란한 내일을 **어룽어룽** 엮는다

울음은 웃음보다 환하다
할머니의 세월 가르는 산통이
하얗게 멍이 든 세상을 눈뜨게 한다

스적거리며 자라는 유월의 밤
사방천지 별처럼 반짝이는 풍등이
밭이랑마다 무더기무더기 떠 있다
절박했던 순간들이 짱짱해지자
할머니의 꿈알들이 **토실토실**하다.

# 월식*

오은 문학상 특별 문학 대상 수상작


이른 새벽,
정읍의 눈매가 매섭다


마지막까지 꺾여지지 않겠다며
말목장터*에 모인 함성들이
조선의 땅을 울컥거리게 한다


태생부터
쓰리고 아릴수록 단단해지는 눈물이
새길을 만든다
그럴수록 달의 심장을 옥죄는 망나니들


*월식 : 달의 일부 또는 전체가 지구의 그림자에 가려서 보이지 않게 되는 현상

*말목장터는 만석보에서 서쪽으로 약 2km가량 떨어져 있다. 1894년 동학농민운동 당시 배들평 농민 수천명이 고부로 가기 전에 모였던 곳으로 제1차 백산기포를 할 때까지 장두청을 두고 진을 설치했던 장소로 농민군의 중요한 거점지가 되었다. 말목장터에 모여든 농민들에게 전봉준이 군수 조병갑의 탐학과 농민 수탈의 실정을 알리고 농민 봉기의 필요성을 역설하였다고 전한다.

따뜻한 밥 한 그릇 지켜주고 싶은 열망으로

푸른 목숨들이 일제히 일어서자

달의 눈동자 같은 배들평야*가

사발통문*으로 들끓어오른다


혈맥이 막힌 들머리는

한 많은 소리 담느라

온몸이 검게 탄다


고을마다 자지러질 듯

출렁이는 불길이 홍반*처럼 돋지만

폭설 몰아쳐 험준한 산맥을 넘는

얇은 대님*이 춥다


*배들평야 : 동진강 연안의 비옥한 농지. 호남평야의 일부이다.

*사발통문(沙鉢通文) : 격문이나 호소문 등을 쓸 때 누가 주모자인가를 알지 못하도록, 서명에 참여한 사람들의 이름을 둥글게 빙 돌려 가며 적은 통문.

*홍반(紅斑) : 붉은 빛의 얼룩점.

*대님 : 남자들이 한복을 입을 때, 바지의 발목 부분을 매는 끈.

으스러진 달빛이 찢겨진 깃발 품고

**몸집보다 큰 울대를 울컥울컥 삼키며**

짓밟힌 숨결들을 끌어안느라

사방이 캄캄하다


올가미처럼 조이는 어둠에

질질 끌려가는 얼굴들

**뒤를 두려워하지 않는 비장함이**

쇠사슬 위로 쓰러져 서늘하다


수없이 밀려갔다 밀려오는 물결에

떠내려가지 않는 오랜 몸짓이

미로를 더듬고 있다

바닥까지 없애면
수직 갱도를 뚫어
차곡차곡 빛줄기를 쟁이는
작은 몸부림들이
끝 모를 뜨거움으로 팽창한다

자신의 멱살이 잡힌 절규가
침묵 건너 문을 나선다

처절하게 슬픔을 음각하며 빠져나온
아직 끝나지 않은 봉기가
동진강으로 모여들어
혁명 같은 달가루를 풀어놓느라
강물결이 희디희다.

# 효

정조 효 백일장 문학상 수상작


젖은 모래를 키운다

수없이 얼래도 따끔거리는

울음 주머니로


두려움에 끌려가며

더이상 가까이 오지 말라고 던진

눈물이

먼 길을 되짚어 가듯


갯벌이 시커멓게 휩쓸리는 동안에도

어쩌자고 빈집은

떠나지 못한 눈빛만 가로눕히는지

살 밖으로 빠져나간 발자국들
떨며 누군가를 기다리지만
가슴은 한쪽으로만 무거워진다

불구의 목숨이라도
두근두근 따라나선 지 오래
헛것처럼 당신 가는 그곳
오늘도 서성거린다

그리움 속으로 까마득히 소외된 시간은
묽은 막을 모래 위로 켜켜이 쌓아 가고
수평선 안쪽으로 번지는 노을은
깊어지는 제 무게로 점차 가라앉는다

온몸을 울려 흰빛으로 남을 먼 훗날
상흔 아물어 가는 지상의 밤은
그때서야 모든 걸 환히 읽어낼 수 있으리.

# 폐차장

공주 시립도서관 문학상 수상작

거침없는 질주 하나가
가파른 기억의 고삐 내려놓고
가부좌 튼다

갈 데까지 가 보자는
취기 오른 속도에
두 다리 내주고 나서야
비로소 생전의 꿈을 끌어당긴다

땅끝까지 몸 열어 준 길들을
통째로 뜯어내면
달릴수록 치기 어린 배경이
떨어진 문짝처럼 사라진다

부러진 와이퍼에 화두인 양
민들레 홀씨 내려앉자
허리에 힘을 주는
바람의 척추가 꼿꼿하다

가고 없는 것들 움켜쥔
손아귀의 힘 빼야 하는데
한 방향만 고집한 미련 많은 백미러는
금이 간 오후의 고뇌를 붙들고 있다

구름 한 점 없는데
소나기 한 줄기 후드득 쏟아진다
스스로를 경계하라고
등짝 후려친다.

# 억새

빛고을문예 백일장 우수상 수상작

가끔은 억새처럼
당신의 손길 잡고 싶다

밤이 긴 추억의 터미널에서
막차 탄 사랑을 떠나보내며
창문 밖으로 내민 아쉬움 잡고 싶다

머나먼 강가를 함께 걸으며
그대의 향기가 손끝에서 녹아
노을로 번지는 걸 다시 느끼고 싶다

사랑도 만남도
가슴 떨리는 기다림도 필요 없다는 듯
요즘은 카톡이 오고가고
바쁘게 영상 주고받으며
가벼운 연애를 한다

스마트폰이 삼켜 버린 관계 속에는
떨리는 손 내미는 이가
그 어디에도 없다

산을 내려오다 뒤돌아보니
며칠 뒤면 떠난다는 가을에게
조금만 더 머물다 가라며
눈시울 붉게 손잡고 있는
억새가 서 있다

가끔은 억새처럼
당신의 손길 잡고 싶다

가장 순결히
가을로 물들어 가는
당신의 손길을.

# 독
# 도

독도 문학상 수상작

태곳적부터
한반도의 꿈 길어 올리는
동해 첫머리는
**돌**로 지은 기도서

성스러움을 경배하기 위해
캄캄한 사막 건너 순례길에 오른
괭이갈매기의 울음이
행간에 촘촘히 박혀 있어
산 자들은 자신도 모르게 고개 숙여
두 손을 모은다

손바닥이 맞닿자
　모태 신앙인 해무 속에서
　　외세의 침략을 물리친
　　아리랑 가락이 흘러나온다


　　백두와 한라가 공경하며 받든 하늘
　그 하늘빛의 말씀을
한 글자 한 글자 받아 적느라
　밤은 돋보기까지 찾아 쓴다


　　밥 짓는 내음 모락모락 피어나는
　　　수평선에 걸린 햇볕을
　　　　여물여물 먹는 암소의 워낭소리로
　　　글꼴을 만들고
　　백두대간 그리워 해안에 가닿는
　　해류의 손끝 지문으로
애타게 **바위**에 각주를 단다

목차에서 빠진

　　성화 닮은 달빛 문양 새겨넣자

　　　　등 곧추세워 타종하는 파도 소리에

　　　　　　터져 나오는 하얀 포말의 눈물방울들,

　　　　　저 백의민족의 가슴들이

　　　　한꺼번에 쏟아내는 통성 기도로

바다는 울컥하다


　심해에서 부서진 오탈자처럼

　　비무장지대에서 죽은 듯 짓눌린

　　　별빛들은 도무지 반짝이지 않는다

　　　　그 갇힌 별빛들이 **암벽** 끝에 다다라

　　　　이제는 앞다투어 입술을 연다

한류에서 난류까지
첫 장부터 끝 장까지
주세는 오직 하나

한반도의 **봄**을
완성하기 위해

해저에서도 푸른 혈류 도는 믿음이
불같이 달려드는 눈보라 헤쳐 가며
꽃망울 틔우는 마지막 문장을
써 내려가고 있다.

# 칠월이 오면

이준 열사 문학상 수상작

꺼져 가는 겨레의 불씨를
온몸으로 지피기 위해
기꺼이 푸른 목숨 꺾어 밑불이 된
당신의 절박한 외침이 들립니다

일제의 침략으로
산산조각난 조국을 살리기 위해
뼈와 살을 불구덩이 속으로
내던진 그해, 여름은
제 안의 뜨거운 울분의 피를 다 쏟으며
붉게 울었습니다

그 무엇으로도 삭일 수 없는 슬픔
그 무엇으로도 꺼뜨릴 수 없는 분노
그 피맺힌 절규로
파도는 저리 소용돌이칩니다

홀연히 떠나
한줌 흙으로 돌아올 때까지
반세기가 넘는 시간을
눈 감고 귀 막아 오래 아팠습니다

스스로를 태워
한반도의 새벽을 연
이준 열사,
당신의 넋이 이제는 별이 되어
우리들 가슴에서 빛납니다

하늘은 압니다
당신이 흘렸던 피눈물을
땅은 압니다
당신이 품었던 희망을.

125

# 우화羽化*
안정복 문학상 은상 수상작


상수리나무 위에
**목관** 하나 놓여 있다


시커멓게 뚫린 등가죽에서
미처 빠져나가지 못한 온기들이 흘러나오는
매미의 빈 껍질


말랑말랑한 살이었던 슬픔이
먹먹해지는 시간은
이제 누구의 몫인지


날개를 얻은 바람의 몸이
초조한 듯 더디게
한때 흙이었던 무게를 구석구석 매만지고 있다


*우화羽化 : 곤충의 번데기나 유충이 성충이 되는 것. 순우리말로는 '날개돋이'라고 한다. 번데기가 우화 이후 자유롭게 날아다니는 모습으로 변신하기 때문에 특히 곤충 중에서도 애벌레 때는 징그럽지만 성충이 되면 아름다워지는 나비가 대표적. 오랜 시간 굴욕을 겪거나 하찮은 모습을 보인 인물이 인고의 시간을 겪고 큰 인물로 성장하는 모습을 비유할 때 많이 쓰인다.

관 밖의 넘치던 말들이

몹시 그립고 낯익은 것에 사로잡혀

노을이 따갑다


**적멸**\*로 가는 저 뜨거운 움직임은

젖은 눈의 저녁을 따라

목 끌어안고 떨어지지 않는 소리 듣는다


허공에 새겨야 할 발자국은

이파리들의 울음소리에 목메어

자석처럼 붙어 있다


환상인 양 숨쉬던 거뭇거뭇한 손등에

묽어진 어둠이 눈물방울처럼 닿자

추운 하늘이 등을 떠민다

그만 가자고.


\*적멸[寂滅] : 번뇌의 세상을 완전히 벗어난 높은 경지

# 금강에 살어리랏다

지구 사랑 문학상 수상작

쇠잔한 물결의 몸
그의 카메라에는
늘 강이 산다

거대한 보가 세워진 날
저릿한 눈발이 휘날리기 시작한다
욕망 한가운데를 향해
지느러미 세차게 파닥거리지만
빛은 자꾸만 말려들어 간다

갇혀 굳어져 가는 물살,
그 찢겨진 아가미 위로
독버섯처럼 그림자 쌓여
멱감는 풍경이 감금된다

금 긋지 않았던 경계가
위태롭게 확장하여
눈보라에 실려 달아날수록
더욱 선명해진다

밤새 강물이 늪골 사이로 빠져나가면
수몰된 어제보다 더 까칠한 오늘을
취재 수첩으로 감싸줘야만 한다

두 눈이 짓무르도록 토해내는 폭언처럼
쏘아붙인 기사에는
웃자란 울음만 번진다

싱거운 월급조차 없는 펜은
누굴 위한 처절한 기록인지

배낭에 밀린 월세와 맞바꾼
몇 조각의 빵을 짊어진 채
강을 더듬더듬 읽는 상흔뿐

막다른 골목에 내몰려
차갑게 식어 가는 몸뚱어리
부둥켜안고 운 눈시울은 안다

물풀들이 강기슭 어루만지듯
아픈 봉오리를 향하여
차마 앵글을 돌린다
앵글은
비릿하게 터져 나오는 비명

입 벌린 채 모래 뒤집어쓴
물고기들의 기억으로 뒤범벅될 때마다
아무도 몰래
뻘의 가슴에 별빛을 담는다

수문 열리듯 바람이 불면
비를 부르는 젖먹이 아기의 투레질 소리처럼
투루루 투루루
연신 셔터를 눌러댄다.

# 나의 오월

용아 박용철 백일장 특선 수상작

얼키설키 뒤엉켜 공복처럼 쓰린
인연 잊기 위해
슬그머니 사무실을 빠져나와
컵라면으로 혼자 점심을 때운다

뒤틀리며 꼬인 시간 속으로
뜨거운 물이 논물처럼 흘러든다
쉬이 풀리지 않게 엉겨붙은 라면 사리는
굳어 버린 세월처럼 **딱딱**하다
그 젖어듦 속으로 자맥질해 들어가 보지만
막다른 벽에 **가로막힌다**

가까운 듯 먼 듯
못줄 넘기는 소리 희미하게 번져 올라온다
일손 귀한 오월의 논이 두레 지어
짐벙짐벙 끊어질 듯 아픈 하루
심는 손들로 분주하다

구성진 육자배기 가락이 한 순배 돌자
물비늘 위로 적어 내려간 응어리들이
*찬찬히 허물어져 가라앉는다*

첨벙이는 햇살
귀가 맑아져
모처럼 굽은 허리 편다

몇 차례 소리돌림으로 생기 되찾은 들판,
바람에 넘겨지는 진초록 문장에 엎드려
책 읽는 물방개의 날개가 빛난다

소금쟁이 발목 같은 사랫길로
새참 이고 가는 어머니의 젖가슴에서
아카시아꽃향이 흩날린다
달디단 노랫소리 따라
노란 주전자 쿨렁쿨렁 뒤따르고
풀밭으로 떨어지며 튀는 막걸리에 취해
비틀거리는 돌멩이

동네를 꽉 채운
개구리 소리 걷어내더니
그곳에 전속력으로 질주하는 건물이 세워진다

어둡고 눅눅한 문 열고 들어서자
출구가 허공 속으로 사라진다
죄 없는 봄날이 갇히고
일상은 그만 길을 잃어 버린다

헛헛증에 시달리는
외로움 이기지 못한 오후는
산그림자처럼 길게 잠들어
부르튼 유년을
입술 데이도록 집어삼킨다

거리는 폭우로 거세어지고
그보다 더 맵고 아린 소리를 들이키며
국물도 없는 팍팍한 세상 뒤지고 있다

컵라면의 들끓은 울음이
차고 흘러넘쳐 논으로 들어간다
허리 숙여 잘박거리며
모내기를 준비하는 마을 사람들 곁으로.

# 부산진 시장

부산진 시장 예술제 문학상 수상작

범일동에 자리한 고목 한 그루,
낯가리지 않는 **발자국**들이
가지마다 매달려 있다

질척이는 저잣거리만큼 깊어진 뿌리마다
이마에 간판 달고 앉아
햇볕에 우려낸 **조명등**을 켠다

허기져 그늘진 자리에
새로운 표정 들여놓고 싶은 **걸음**들이
나이테처럼 인심이 둥근 매장에
귀를 쌓아 두고 있다

오르락내리락 흥정 붙이는
한 무더기의 바람에 취한 듯
입 큰 이파리들이 푸르러지고
새소리가 파랑파랑 날아든다

환영받지 못한 하루는
그 어디에도 없다는 듯
물관 가득 차오르는
**새로운 이야기**로 층층이 뜨겁다

어스름이 산능선을 거뭇거뭇 밟고 오면
무릎 시린 나무 밑동은
노을을 파스처럼 붙이고

한 잎 두 잎 바닥으로 깔리는
멍자국 같은 저녁을 붉은 꽃으로 바꿔
백년도 넘게 하늘 받치고 서 있다.

# 섬진강 판화

현대문예 권두 육필 시 초대전 작품

매끄러운 물비늘에
햇살의 손가락 같은 조각칼 닿자
무시로 드나들며
하늘과 내통하는 강바람 인다

강가에 내려앉은 그림자 안쪽으로
바짓가랑이 무릎까지 걷어올린
**말랑말랑한 추억이 흘러들어**
주린 시절을 채워 줬던 재첩들이
맨발로 달아나는 모래알 물고
하얀 이 드러낸다

까맣게 그을린
대야 한가득 환한 얼굴 보기 위해
허리 펄 겨를 없이
최초의 집이자 언젠가는 꼭 가야 할
언덕배기 같은 강물에
쉼 없이 절을 하는 아낙네들

강바닥에 오래 붙들려 있어
부르튼
벚꽃의 물그림자 떠서
물마루에 앉힌다

동그랗게 커지는 눈 껌벅거리며
심장 두근거리게 봄 띄우는
섬진강

혀처럼 내미는 소금쟁이의 발걸음에도
가볍게 파문 일으키며 뒤집히다가
거침없이 일어나 다시 꽃을 피운다

**간질이는 수면 사이로**
고향집 대문이 열리고
뽀얀 국물을 흘리는 어머니

가마솥에 불 지피면
강의 중심인 양 아궁이 앞으로
일제히 도움닫기 하는
**유년의 시간이 고물고물 반짝거린다**

칼날 깊숙이 패인 자리마다
연기처럼 벚꽃향이 올라와
꽃잎에 회오리바람 일으키는 그리움
해질녘 기슭에서 몰려나오고

세모칼이 날렵하게 깎아낼수록
노을 한 채 등에 짊어진 재첩꽃이
코끝까지 밀려온다.

# 지리산의 밤

월간지 〈문학공간〉 특선.1

깊고 검게 환하다
좀 전까지 닫혀 있던
아버지의 산문山門이
조금씩 열리기 시작한다


산자락의 까만 미닫이가
소리 없이 덜커덕거리며 움직이고 있다는 걸
눈치채지 못한 가슴들,
입구를 향해 모로 누워 잠든다


그런 날은 으레
양들이 울타리 넘어
망망한 들판으로 가는
꿈을 꾼다

세월의 눈시울은
아버지의 손 잡고 비탈을 뛰어넘는다
따뜻한 끈처럼 뒤따르던 걸음들은
허구렁*에 빠질 걱정 없어
회남재 숲길*에서는 늘 전설이 되어 흘러간다

무릎에 힘을 줘야
넘어지지 않는다는 걸 안 이후로
닳아진 뒷굽은 움직일수록
불안을 감추기에 바쁘다

금세 돌아오겠다는
아버지의 손을 붙잡지 못한 이후
숲은 갈래길마다
저마다의 손금을 그리고 있다

***허구렁** : 텅 빈 구렁
***회남재 숲길** : 하동군에 위치한 아름다운 자연 속 산책로.

아스라이 사라진 여분의 삶은

아직도

밑둥마저 메마르다


먹물 같은 한숨이
신발 밑창으로 스며들면
방향 잡기엔 으슥하고 소란스러워
잠시 발걸음 멈춘다

아우성의 열린 문틈으로 내보이는
손금이 낯익다
달빛 어루만지는 어린 기억의 손처럼

까무룩한 바윗길 가뿐히 넘어
하동에서 거림 계곡으로 가는 산모롱이
두런두런하고

아버지의 너른 손 닮은
밤하늘과 마주잡은 별빛,
넘어질 염려 없어
앞장서 흥얼흥얼 걸어간다.

# 섬진강

월간지 〈문학공간〉 특선.2

얼어붙은 강 여기저기
**쩌억** 벌어지는 금,
물의 굳은살 밀어내는 그 울림으로
헐렁해진 밤

억센 바람의 끝동* 스치며
**냉기** 서린 몸,
겉부터 속까지 사납고 매운 그늘이
서서히 쓸리며 내비치는 옷고름

*끝동 : 옷소매의 끝에 색이 다른 천으로 이어서 댄 부분

동이 틀 무렵

**언 발**로 종종거린 버선코 아래로

겹겹이 스며드는

뜨거움의 수많은 갈래들이

부드럽게 간지럽히며 물씬한 단내

한가득 쏟아낸다


집요하게 들러붙은 시름인 듯

춥고 완강한 **돌 같은 물살**

녹여 내리는 흰 연기 속,

눈물겹도록 골진

가슴속 붉은 아궁이처럼


옛날 아주 오랜 옛날로부터

아린 새벽마다 정한수 떠놓고

어린것들의 아픈 자리 뜸 뜨는

눈에 밟힌 어머니의 소맷부리처럼

나긋나긋 짚어 내려가는
저고리의 온기,
안과 밖의 소란함을
더디게 뒤섞다 허물어뜨리고

빛살로 번져 가는 지느러미 되어
너와 나 사이에 열리다 닫힌
**벽 같은 겨울밤** 껴안고
봄의 물무늬 깃 따라 파득파득 일어선다.

# 석류

사이버 중랑 신춘문예 문학상 수상작

웅크리다 일어서며
손바닥 가득 푸르러지는
**잎들**이 하늘 받치고 있다

먹먹한 밤이 들어찰수록
순한 호흡 물어뜯기며
앙다문 입속 뎅겅거리는 된바람에
도무지 그칠 것 같지 않는 울분으로
**멍울멍울** 가득 박힌 동그라미들

매운 울음 서로 감싸며
고빗길 건너는 의로움들이
가지마다 싱싱하다

낮빛 창백한 오후,
흥건히 낮아져 가는 이름 석 자 물고
어둠을 내디디기 위해
턱뼈가 얼얼하도록 나아가지만
코앞에 낭떠러지는 다가와
한 걸음도 움직일 수 없다

무정한 비바람에도 더럽혀지지 않고
깊어 가는 눈빛들이 있어
안으로 치솟는 **불길**
천 갈래로 뻗어 나간다

아무도 모르게

총알같이 단단한 껍질 가르고

터져 나오는 **둥그런** 일출


춘파*의 가을이

저리 살아남아

**붉다**.

# 독도 찬가

독도 문학상 수상작

바람이 산책하다
잿빛 바람길 뚝 꺾어
잠시 쉬었다 가는 곳
자그마하지만 속깊은 쉼터

비의 울음 타고 가던
철새들이 무심코 들렀다가
거의 다 시인이 되어 가는 곳

햇귀* 이고 뒤늦게 찾아와
흘럭흘럭 멀미 펼친
가녀린 방랑객들이
아예 터잡고 살아가는 곳

*햇귀 : 해가 처음 솟아오를 때의 빛.

178

고유종 터줏대감

섬기린초, 섬괴불나무*

구겨진 손돌바람*에도

품위 있게 한들한들

맨발의 주름진 역사를 논하는 곳


맨날

섬주인 되겠다고 아우성치는

큰두루미꽃*들

서로 꽂발 디딘 채

하릴없이 끼득끼득 키재기하고


시시때때로 임꺽정처럼

반란을 꿈꾸는

왕호장군*, 참소리쟁이*

구멍 난 아침 저녁으로

서로 귓불 시린 눈알을 부라리고


*섬기린초, 섬괴불나무 : 울릉도와 독도에서 자생하는 독도의 대표적인 식물이다.

*손돌바람 : 24절기 중 하나인 소설(小雪: 얼음이 얼기 시작) 때 부는 매서운 바람.

*큰두루미꽃 : 울릉도 특산식물.

*왕호장군 : 울릉도와 독도에 자생하는 야생화.

*참소리쟁이 : 울릉도의 야생화. 약재로도 쓰인다.

너울 좋은 인위적 식재로
손님 대접 받으려고
호시탐탐 기회 엿보는
보리밥나무, 사철나무
다투다 말고 간신들의 뱃속처럼
어느덧 친해지고

야들야들 발달하지 못한 토양이라서
비는 내리지만 물 빠짐이 좋아
항상 목마른 그리움처럼
수분이 부족한 곳

키 작고 볼품 없어도
잎 두텁고 잔털이 많아
바닷바람에 잘 적응하기에
오늘도 시집살이 9년차인 양
건강히 잘 지내는 곳

너도 나도 멋자랑에 여념 없는
바다제비들 때문에
섬의 바위와 하늘은 너무나 시끄러워
하루도 조용할 날이 없지만
진정 살아갈 맛이 나는 곳

휘이휘이 휘파람 마시고
멸종 위기에 내몰린 가련한 새
뿔쇠오리는
어이할꼬
가련해서 어이할꼬

그래도
개밀*이 있어
괭이갈매기의 왕성한 번식지가
되어 주니 그저 고마울 뿐

*개밀 : 벼과 개밀속에 속하는 밀 같은 풀.

184

소리 되새김질하는 여름에는
깜짝도요들이
찾아와 찰박찰박 위로해 주고

관절마다 쌓인 파도를 삭히는
손바닥만 한 겨울에는
말똥가리들이 들러서
화음 이루며 노래 불러 주니
좋아라

아무때나 찾아왔다
시린 곡선을 그으며 훌쩍 떠나 버리는
깍쟁이 나그네새들
깍도요, 노랑발도요
그래도 고마워
울음 근처를 맴돌며
잊지 않고 이렇게라도 눈인사 해줘서

심심풀이 잔재미를
흘림체로 안겨 주는 곤충들
섬땅방아빌레, 어리무당벌레
없어서는 안 될
소중한 친구들이여

멍멍멍 무릎에 내려
수시로 부서져 나부끼는
삽살개 짖는 소리
향수 타고 날으니
가파른 감동의 전율이 흐르고

아깝게도
대가 끊겨 버린 강치*가
야생의 눈물같이
간혹 그리워져 아릿아릿

*강치 : 한국에서는 강치로 불리는 바다사자는 동해 연안에 서식하던 바다사자속의 해양 포유류이다.

한때
토끼들이 무리 지어
동화의 니리를 세웠으나
뒷꿈치 젖어 갈라터진
몰인정한 인위적 제거로
저리 눈물 뚝뚝

그래도 갯바위 저 달빛 아래
조피볼락* 아직도 살아 있어
수평선 풀어놓은 가슴 외롭지는 않아
어부들이 자주 찾아와
낮은 포복으로 기어가는
된장국 끓는 꿈 애기를 들려 주니까

*조피볼락 : 우리에게는 우럭이라는 이름으로 잘 알려져 있는 생선.

190

자박자박 졸고 있던
인류의 노래들이 흘러가다
낭만자락 도돌이표처럼 펄럭이며
잠시 여백의 음표들을 덧칠하는 곳

서로 사랑하자
좋은 관계성이 한가득 모여
서로의 볼을 비비며
행복하게 사랑하자
바로 이곳
하늘을 떠받친 평화의 쉼터에서.

# 해마다 무궁화꽃

6.25 호국 문예상 수상작

## 이맘때

떠난 그 사람

오늘도 기다린다


계절 앓은 꽃대궁* 다시 밀어 올리고

기약도 없이 한쪽으로만 기울며

활짝 핀 슬픔 가만 가만 숨기겠지만

미처 감추지 못한 눈빛

어찌할 수 없다

*꽃대궁 : 식물의 꽃자루가 달리는 줄기.

194

붉은 **화심**花心으로
목울대 치고 올라온
산하마다
가슴에 피멍 든 꽃빛

북에 두고 온
고향 소식에
신열만 앓는데

귀먹고 눈멀어
슬그머니 몸져눕고픈
그해 그 아픔도
실핏줄까지 돋아난 꽃잎
끝끝내 피워 올린다

***화심**花心 : 꽃의 한가운데 꽃술이 있는 부분

당신이 살아 있다는
한마디에
**아**,
파문처럼 번지며 피어나는
저 화관

울음으로 한생을 건너도
당신 만나는 그날
환한 꿈으로 피어나리.

199

# 밀물

비엔날레 문학상 수상작

입술이 닿는다
  심해처럼 아득한 깊이


  입술이
  무채색의 오늘을 뒤흔들고 있다


  바닷바람같이
    망설임 없이 불붙는 온몸을
    꽃의 피로 개종한,
      이루어질 수 없는 긴 슬픔에
      가시 숨긴 감각의 입술

넝쿨인 양 뻗어 오는 파도에
　서서히 지워지고
　　사랑에 빠져 익사할 때까지
눈과 귀는 캄캄해지는데


　　둥글게 부풀어오르며
　　　설탕처럼 반짝이는
　　　　노을빛 춤


　　사랑으로 빠져드는 경계에는
　윤슬*로 빛나는 올가미가 있어
　　하루가 백년 같은 아픔,
　　　그 떨림의 덫에 걸려야 한다


　　　　겹쳐진 입술들이
　　　　　물이랑마다 쌓이면
　　　　　　울음 끝은 고요해진다.


*윤슬 : 달빛이나 햇빛에 비치어 반짝이는 잔물결.


**202**

# 흘수선*

동양문학 신춘문예 당선작

시접* 좁은 배들이

올 풀린 졸음 떼어 놓는 포구

새벽이 내밀한 물살 기웃거리자

눈치 빠른 갯내음이 고르게 솔기 만든다


뜯어진 수면의 팔꿈치

촘촘히 꿰매며

마지막 출항의 꿈

그 꽃잎 문양을 새기자

그물 길어 올리는 파랑파랑한 하루가

출렁인다


\*흘수선 : 배가 잔잔한 물에 떠 있을 때 선체와 수면이 접하는 분계선

\*시접 : 접혀서 옷 솔기의 속으로 들어간 부분

바다 한가운데서
풍랑에 실밥 터지는 저녁
귀항 날짜 맞대어 삼침질해도
자꾸만 뜯어지는 봉제선

물의 안과 밖을
팽팽하게 줄달음질치면서
자투리 천의 고요를 밑실로 끌어올려도
힘없이 찢어지는 어부의 노래

찰박찰박 박음질하는
저 물의 바늘 속엔
긴긴밤 기다림이 들어 있어
허리 휘감고 도는 죽음의 입김 밀어내고
첫 별 뜨듯 집으로 오는 길 이어 붙인다

해진 물결 수선하며
파도의 밑단 접어 올리자
지문 닳은 병실 안으로
수평선이 잇닿는다

골무 낀 물의 걸음들이
뱃사람의 따스한 어망 오가며
한 땀 한 땀 깁는다.

# 집을 부검하다

문화앤피플신문 신춘문예 수상작

**허공 목침**이 지붕의 목 뒤를 받치자
메스 든 찬바람 부검의 손이 잠시 떨린다
폴리스라인이 쳐진 오후의 얼굴이 수척하다
유서는 발견되지 않았고 외상도 없다

안부가 빠져나가 **부패 심한 대문**이
세로로 갈리자
마당이 복부 사이로 보인다
이미 떠나고 없는 기다림이 **울컥울컥** 얼룩진
현관의 흉부 가르고 들어서니
여자가 살았던 방의 갈비뼈에 닿는다
그 순간
검게 멍든 커피잔에서
**엉키고설킨** 길이 **삐걱**대기 시작한다

210

메스질은 계속되고
아무도 찾지 않았던
인기척이 검푸르게 묻어나오고
오랫동안 외로움만 키운 뼈와 살이 분리된다

떠나간 한 생이 춥지 않게
먼지가 솜이불처럼 깔린 비닐장판 여기저기
손톱으로 **할퀴어져** 있다
주저흔이다
가만히 귀기울이니
누가 숨어서 자꾸 부르는 것만 같다

오래 앓아온 것들이
낮과 밤의 경계에서 몸부림치다가
스스로를 가둔 울음들

벽지의 장 점막에서 **심한 출혈**이 있다
피가 묻은 곰팡이 벽화는
어떻게 몰래 스며든 빗물과 우울을 먹었을까
공범의 존재와 타살이 의심스럽다

미궁 속으로 빠져들어 간
사인死因 찾기 위해
집안의 장기 조각을 잘라 용기에 담자
한걸음에 달려온 어스름의 유족들이
목놓아 **서럽게** 운다.

# 기록의 건축학-생활사박물관

기록사랑 백일장 금상 수상작

임실 원천마을에는
장롱 깊숙이 세들어 산
**아주 오래된** 이야기가
집 짓기를 서두르고 있다

반쯤 해체되어 둥글게 말아 모은
기억을 거슬러 올라가
그리움의 각도를 측량하며
설계 도면을 펼친다

가고 없는 발자욱 소리에
유림들의 통문으로 주춧돌을 놓고
건너뛴 시간 사이로 창을 내어
봄볕을 **짱짱**하게 들인다

긴 겨울을 살아낸
일제 강점기의 전답 실측도는
삭이고 버틴 아픔으로
내부를 견고하게 한다

풍년을 기원하는 쟁기와 써레로
외장재를 마감하자
**구수한 워낭소리**로 가득한 들녘이 피어난다

꼿꼿이 받아 적은
근현대사의 피 땀 눈물이
한 채의 집을 완성하고 있다.

# 지퍼

황금찬 문학상 수상작


엄마는 내 **점퍼**의 지퍼 올려 주면서

**세상살이**는 한 번에 채워지는 법이

없다고 말씀하신다


살면서 어긋난

지퍼의 **낱알**

감정의 **낱알**

사랑의 **낱알**

어긋난 **낱알들**로는 채울 수 없는 밤

산다는 건

지퍼의 **낱알**들이 서로 맞물리며

채워지는 것과 같아서

오늘도 엄마처럼 **두 손** 맞물려

기도한다.